Eva Muszynski & Karsten Teich

Trudel Gedudel foppt den Fuchs

EVA MUSZYNSKI

KARSTEN TEICH

Trudel Gedudel foppt den Fuchs

cbj

Es wird Abend.
Auf dem Hühnerhof „Das-Gelbe-vom-Ei“ treibt der Hahn Karuso seine Hennen zusammen. Die letzten Eier des Tages werden auf den kleinen gelben Lieferwagen geladen.
Am Zaun, neben dem offenen Tor, stehen die Puten Ete und Petete.
Sie glotzen nach draußen.

„Ich seh nix", sagt Ete. „Siehst du sie irgendwo?"
„Nein. Ich sehe sie auch nicht", schnappt Petete verärgert.
„Und das ist so typisch Trudel Gedudel", empört sie sich.
„Erst springt dieses Huhn – gegen meinen ausdrücklichen Rat – über den Zaun. Und dann findet es nicht rechtzeitig nach Hause!"
Petetes Hautlappen röten sich vor Zorn.

Ete versteht die Aufregung nicht.

„Was ist daran so schlimm?“, will sie wissen.

Petete plustert sich auf.

„Hühner gehören abends in den Hühnerstall!“, sagt sie.

„Und auf die andere Seite des Zauns gehört ein Huhn schon mal gar nicht“, stellt sie fest.

„Das ist eindeutig gegen die Hausordnung! Was da alles passieren kann ...“

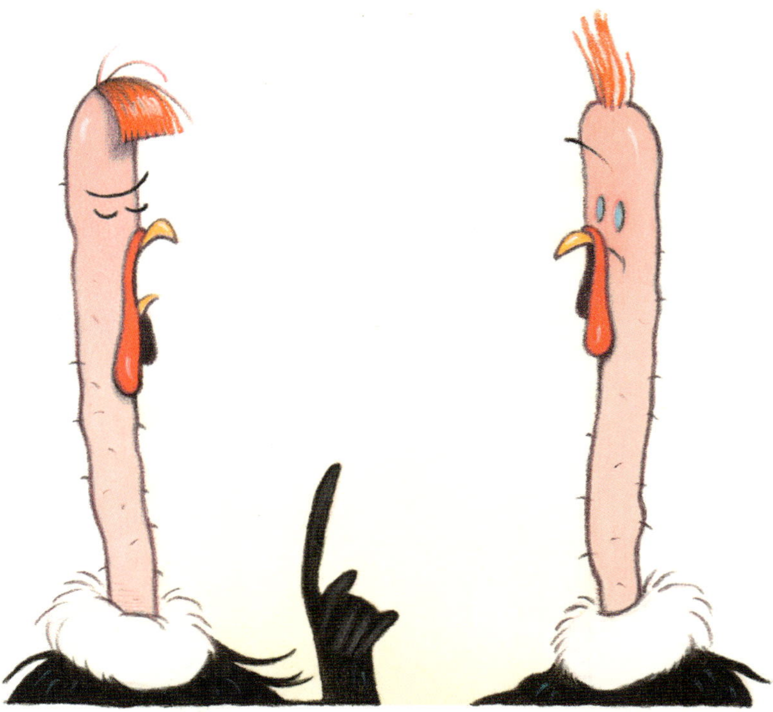

„Ogottogottogott“, kollert Ete.
„Draußen wohnt der Fuchs!
Bestimmt hat er sich das Huhn
schon geholt.“

Petete schüttelt den Kopf.

„Ich bin sicher, Trudel hat sich gleich
hinter dem Zaun verlaufen“, sagt
sie wichtig. „Und nun hockt das
dumme Ding da drüben in der
Hagebutten.“

„... und macht sich vor
Angst in die Fittiche“,
kichert Ete.

Petete bringt sie mit einem strengen Blick
zum Schweigen.
„Trudel braucht jetzt dringend unsere Aufsicht
und unsere Fürsorge. Wir sollten ihr die Leviten
lesen!“
„Wir sollen lesen ...?“, erschrickt Ete.
„Wir sagen Trudel mal so richtig die Meinung“,
übersetzt Petete und streckt den Kopf
aus dem Tor.
„Wir holen sie aus den Hagebutten –
und dann kann sie was
erleben!“

Doch Trudel Gedudel hockt gar nicht
in den Hagebutten.
Sie sitzt am Meer, zusammen mit der
Möwe Gräten-Käthe und Herrn
Klautermann, der alten Schiffsratte.
Trudel streckt die Füße im warmen
Sand aus.

Das Meer schwappt in sanften Wellen an den Strand. Die drei schauen hinaus zum Horizont, wo die tief stehende Sonne goldene Lichtflecken auf das Wasser malt, unter einem weiten, rosaroten Himmel.

„Schön ist das“, findet Trudel.

„Eine schönere Aussicht als
auf deinem Hühnerhof, was, Sprudel?“,
sagt Gräten-Käthe und grinst zufrieden.

Herr Klautermann hievt sich mühsam an seinem Krückstock aus dem Sand und rückt seine Augenklappe zurecht.
„Wo wir gerade beim Hühnerhof sind …“, wendet er sich an das Huhn. „Musst du nicht langsam nach Hause?
In meinem Strandkorb kannst du jedenfalls nicht übernachten.
Da ist kein Platz für Landeier.“

„Ich gehe heim“, sagt Trudel.
„Meine Tante Elli meint: ‚Ein müdes Huhn schläft überall, doch besser schläft's im Hühnerstall.‘“ Sie schüttelt Sand aus ihrem Gefieder. „Wie komme ich von hier am schnellsten zum Hühnerhof, bitte?“, fragt sie Gräten-Käthe. „Zum Eingang für Besucher und Lieferanten?“

„Über die Dünen, an Klautermanns Strandkorb vorbei und dann durch das Wäldchen“, krächzt die Möwe und reckt sich. „Durch den Wald solltest du aber nicht alleine gehen, Nudel.“

Herr Klautermann kratzt sich nachdenklich am Ohr. „Das stimmt. Da wohnt der Fuchs“, brummt er.

„Wir begleiten dich“, bestimmt der Alte und schaut Gräten-Käthe an. „Käthe?“

„Iiich? Ich laufe doch nicht“, protestiert die Möwe.

„Und ich fliege auch nicht durch den Wald! Ich bin doch kein Uhu!“

„Das ist Meuterei!“, schimpft Klautermann und droht mit dem Stock.

„Wir können ja auch zu zweit gehen“, findet Trudel und schaut die Ratte erwartungsvoll an. „Das wird bestimmt lustig!“

Herr Klautermann sieht nicht begeistert aus.

Gräten-Käthe lenkt ein:
„Ich kann ja **über** dem Wald fliegen.
Als Ausguck sozusagen."
„Da machst du endlich mal was Nützliches",
knurrt Klautermann unwirsch.
Gräten-Käthe überhört das und schwingt
sich in die Luft.

„Ich drehe schon mal 'ne Runde", ruft sie
und: „Viel Spaß beim Waaandern!"

Gräten-Käthe lässt sich vom Wind über die Dünen tragen. Sie fliegt vorbei an Klautermanns Strandkorb, der zwischen Disteln verborgen am Waldrand steht.
Dann segelt sie in einem weiten Bogen über das Wäldchen. Unter ihr wiegen sich Kiefern in der lauen Abendluft.

Etwas abseits vom Wald liegt der Hafen.
Käthe hört den Dieselmotor vom Krabbenkutter.
Kurz darauf springt über „Mannis Fischbude“ die Neonbeleuchtung an.
„Geöffnet!“, flackert über die Mole.

Aus dem Augenwinkel sieht
Gräten-Käthe, wie das Huhn und
die Ratte am Strandkorb haltmachen.
„Na also! Die zwei machen Pause“,
grinst sie. „Dann habe ich ja Zeit
für einen kleinen Imbiss.“
Käthe nimmt Kurs auf Rollmops
und Pommes.

Inzwischen stehen die Puten draußen auf der anderen Straßenseite.
Petete schimpft in das Hagebutten-Gestrüpp:
„Ich weiß, dass du da drin bist, Trudel Gedudel!
Komm sooofort raus!“

„Wir werden dir was vorlesen“, droht Ete.

„Ich zähle bis drei …“, sagt Petete grimmig.
Sie sträubt ihr Gefieder.
„Eins!“, ruft sie. Der Asphalt beginnt zu beben.
„Zweiiiii …“, knurrt Petete.
Aus dem Beben wird ein lautes Dröhnen.
„Drei!!!“
Ein heftiger Luftzug reißt die Puten von den Füßen.

Der Eierlaster saust vorbei und schleudert die fetten Vögel weit in die Hagebutten.

Mit einem lauten **KA-LONK!** fällt das Tor zu.

Beim Strandkorb muss Herr Klautermann kurz verschnaufen. Er lehnt sich an die zerschlissene Fußbank. Aus der Ferne hört man ein Auto über die Landstraße brausen.

Trudel betrachtet den heruntergekommenen Strandkorb.

Dann sagt sie: „Vielleicht brauchen Sie hier doch ein wenig Gesellschaft. Tante Elli sagt nämlich: ‚Gehen Freunde ein und aus, wird jeder Schuppen ein Zuhaus.' Und da ist ja was dran, oder nicht?"
Die Ratte grummelt: „Mit Freunden will ich nicht verweilen, denn mit denen muss ich teilen – das sagt Gräten-Käthe jedenfalls immer."

Herr Klautermann sucht den Himmel ab. „Wo steckt die überhaupt?"

„Wir müssen los", drängt Trudel. „Es wird dunkel."

Wieder schaut Herr Klautermann zum Himmel. Gräten-Käthe ist noch immer nicht in Sicht.
„Möwen! Verfressen und unzuverlässig!", schimpft er. „Und Gräten-Käthe ist die Schlimmste von allen."

Er erhebt sich steifbeinig und streckt seinen Rücken. Trudel beobachtet ihn mit schief gelegtem Kopf. „Na ja, ein Spaziergang dann und wann ...," sagt sie aufmunternd, „... hält beweglich und regt an."

„Aber ohne Gräten-Käthe im Ausguck wird das sicher kein Spaziergang“, knurrt Klautermann düster und stapft entschlossen zum Wald.
Trudel muss sich beeilen, um mitzuhalten.

„Sie haben sicher viel erlebt“, fängt Trudel ein Gespräch an. „Sind Sie wirklich zur See gefahren?“, will sie wissen. Herr Klautermann brummt zustimmend und verschwindet im Unterholz. Trudel bleibt ihm auf den Fersen.

„Wie ist es so auf dem Meer?“, fragt sie neugierig. „Auf alle Fälle ist es besser als im Wald“, sagt Herr Klautermann und arbeitet sich mühsam durchs Dickicht.

Er zerrt an einer Brombeerranke und flucht: „Hier kann man ja vor lauter Gedöns den Leuchtturm nicht sehen."

„Den Leuchtturm?", fragt Trudel.

„Den peilt man an, und schon weiß man, wo's langgeht", sagt die Ratte. „Dafür habe ich ihn schließlich erfunden."

Trudel staunt: „Sie haben den Leuchtturm erfunden?“
„Ist schon lange her“, winkt Herr Klautermann ab.
Er schaut sich um.
„Irgendwo hier muss der Pfad zum Hühnerhof sein“, murmelt er.
Schließlich zeigt er mit dem Stock auf einen umgestürzten Baum und brummt: „Wir müssen da drüber.“
„Oh, bitte erzählen Sie mir von Ihrer Erfindung“, bettelt Trudel.
Sie lehnt sich an den Baumstamm und macht für die Ratte Räuberleiter.

„Das war vor der Insel Sumatra“, sagt Herr Klautermann und klettert nach oben. „Ich wurde bei einem gewaltigen Sturm über Bord gespült.“ „Sie Ärmster! Was haben sie gemacht?“, will Trudel wissen.

Herr Klautermann ächzt leise, als er sich auf der anderen Seite des Stammes herunterlässt.

Trudel hüpft mit einem eleganten Satz hinterher und folgt der Ratte auf dem schmalen Pfad, der sich durch das Gestrüpp schlängelt.

„Zum Glück trieb ein Sack Kokosnüsse im Wasser“, nimmt Herr Klautermann seine Geschichte wieder auf. „Ich hielt mich daran fest und die Strömung trug mich an eine einsame, felsige Küste.“

„Es war stockfinstere Nacht“, sagt er mit dumpfer Stimme.

„Und ich wusste, ohne mich wäre meine Mannschaft da draußen verloren.“

Trudel macht große Augen.

„Wie ging es weiter?“, fragt sie.

„Mein Schiff, die Seegurke, war schon weit hinter den Horizont getrieben“, erzählt Herr Klautermann. „Ich musste mich also bemerkbar machen.“ „Und es war ja auch dunkel“, fällt es Trudel ein.

„Genau", sagt die Ratte. „Und damit die Dösbaddels mich trotz alledem sehen, musste ich also erst einmal sehr groß werden."
Verdutzt schaut Trudel auf den kleinen Herrn Klautermann herunter.
„Und dann?", fragt sie gespannt.
„Ich habe einen riesigen Klautermann gebaut", erzählt die Ratte und zeigt mit dem Stock die enorme Größe.

„Ich hatte nassen Sand, etwas Treibgut und bunte Muscheln“, fährt Herr Klautermann fort. „Und natürlich die Kokosnüsse – eine für die Nase, eine andere habe ich zernagt für die Ohren. Und ich stand ganz oben und habe ein Signalfeuer aus Kokosöl geschwenkt.

„Und? Hat es funktioniert?“, fragt Trudel.

„Der Ausguck hat mich entdeckt und ich konnte kurze Zeit später wieder an Bord der Seegurke gehen“, sagt Herr Klautermann.

Er späht vorsichtig um eine Wegbiegung, dann geht er weiter und sagt: „Schon bald darauf haben Seeleute an allen Küsten der Welt meine Idee übernommen und turmhohe Leuchtfeuer gebaut.“

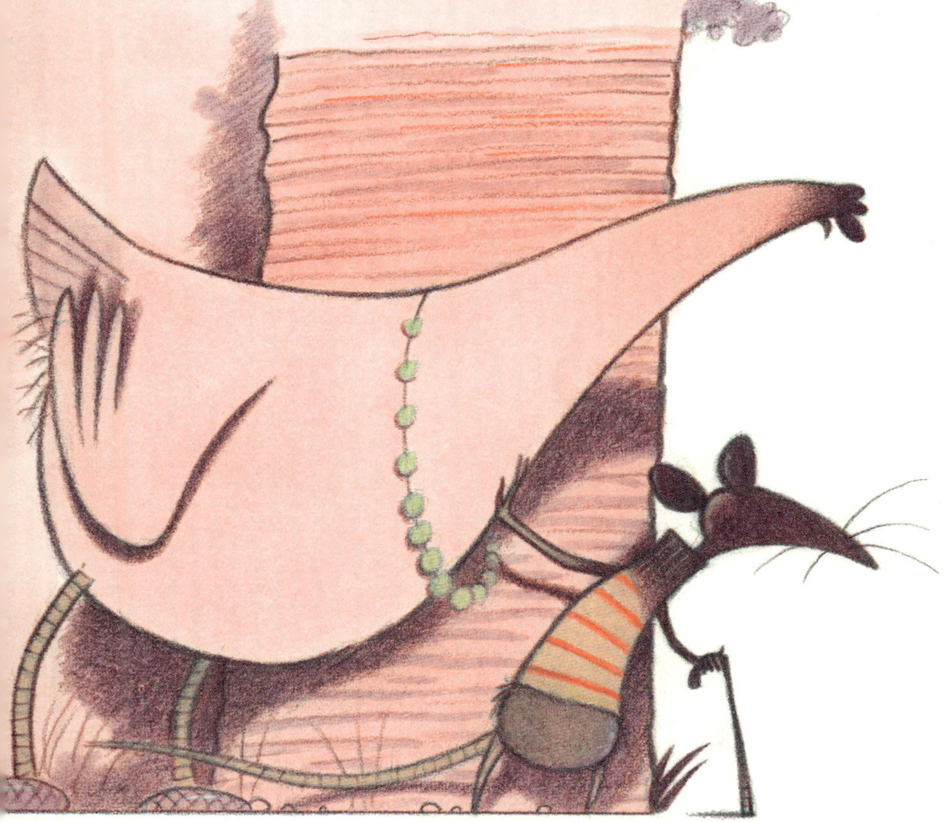

„Aber – dann sind Sie ja richtig berühmt!“, ruft Trudel aus. „Nicht so laut, Matrose!“, zischt Klautermann und schaut sich im Wald um. „Immerhin ...“, sagt er leise und zeigt auf seinen Streifenpulli, „... sind auch heute noch alle Leuchttürme geringelt.“

„Zu Ehren des Erfinders!", flüstert Trudel hingerissen. „Tante Elli wäre begeistert!"

Trockenes Laub raschelt im Wind und die Kiefernstämme knarzen. Herr Klautermann lauscht nervös auf die Geräusche des Waldes.

In dem Dickicht beim Hühnerhof klopfen sich Ete und Petete Laub und kleine Zweige aus den Federn. Petete betastet vorsichtig eine Beule an ihrem Kopf.

„Wo sind wir?“, fragt Ete benommen.

Die Puten stehen auf einer kleinen Lichtung und die Hagebutten sehen in allen Richtungen gleich aus.

„Haben wir uns verlaufen?“, fragt Ete beunruhigt.

„Wir sind überhaupt nicht gelaufen“, knurrt Petete. „Wir wurden verweht!“

„Ich will nach Hause, in den Hühnerstall!“, mault Ete. „Im Wald, da wohnt doch der ...“

„KRRKKKS!“

Ein Ast knackt im Gebüsch.

Und ein großer, dunkelroter Schatten huscht durch das Unterholz.

Ete flüstert: „Ich hab Angst. Es ist schon so dunkel!“ Sie klammert sich an Petete.

Die stemmt die Arme in die Seiten. „Trudel?“, ruft sie ins Dickicht.

Trudel und Herr Klautermann tasten sich in der Dämmerung voran.

„Kommen Sie klar im Dunkeln?“, erkundigt sich Trudel und zeigt auf Klautermanns Augenklappe.

„Ich komme besser zurecht als du mit deinen zwei Augen", knurrt die Ratte und weicht einem Stein aus.
„Man nennt es das EIN-SEHEN", sagt Herr Klautermann bedeutungsvoll. „Viele Seeleute und Piraten beherrschen es."

„Ach", sagt Trudel interessiert. „Und wie geht das?"

„Das EIN-SEHEN schärft alle anderen Sinne. Also das Hören zum Beispiel und das Riechen", sagt Herr Klautermann und tippt an seine lange Nase.

„Kann ich auch EIN-SEHEN?“, fragt Trudel und hält sich ein Auge zu.

„Auf diese Art bist du nur ein halb blindes Huhn“, brummt die Ratte. „EIN-SEHEN ist was für Seeleute.“

„Dann haben Sie also so etwas wie eine Superkraft?“, will Trudel wissen.

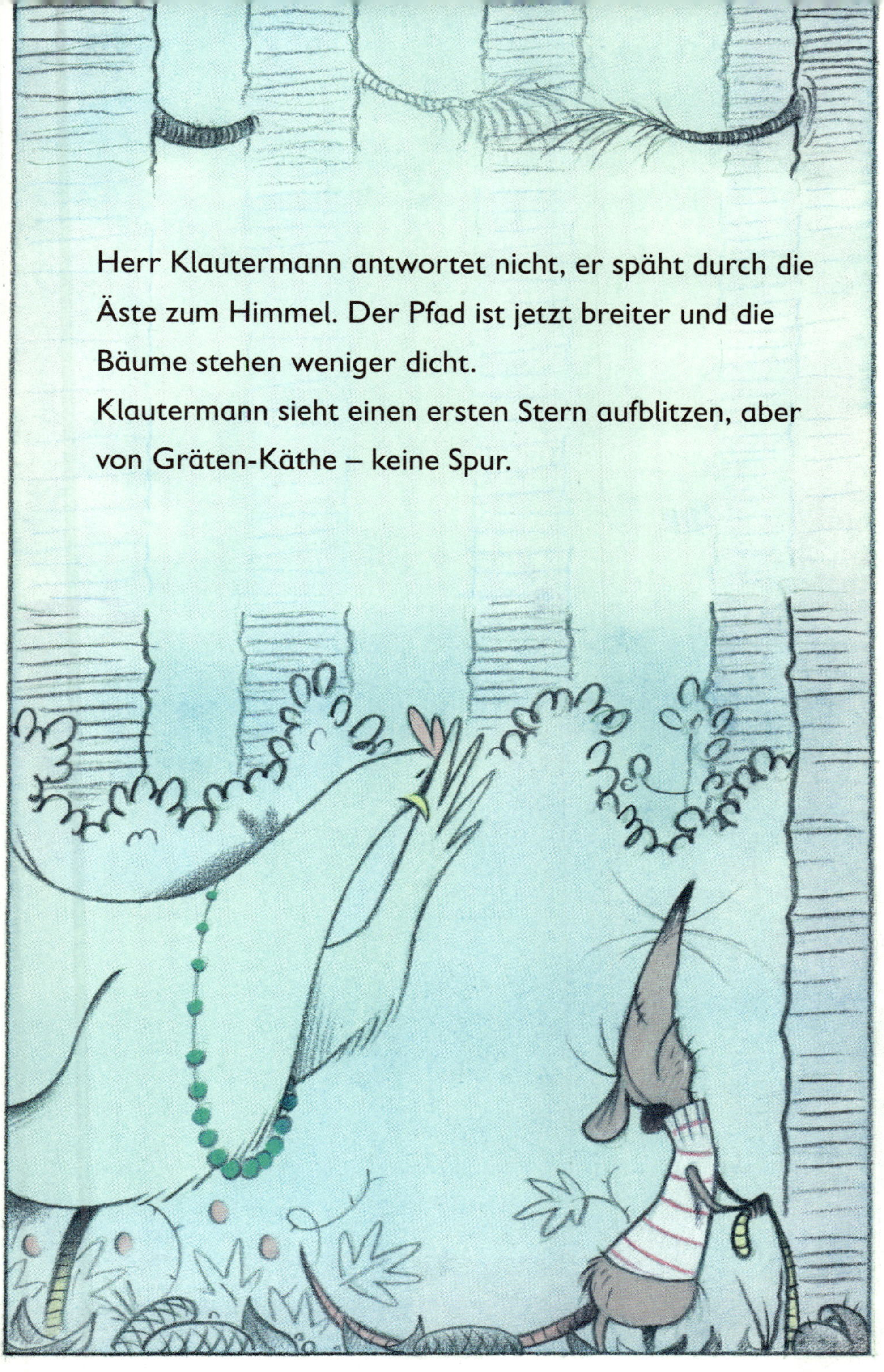

Herr Klautermann antwortet nicht, er späht durch die Äste zum Himmel. Der Pfad ist jetzt breiter und die Bäume stehen weniger dicht.

Klautermann sieht einen ersten Stern aufblitzen, aber von Gräten-Käthe – keine Spur.

Gräten-Käthe hat inzwischen unter Mannis Stehtischen so viele Pommes gefressen, dass sie beinahe satt ist. Doch dann liegt da ein völlig unbeaufsichtigtes Fischbrötchen – praktisch direkt vor ihrem Schnabel!

Gräten-Käthe nimmt Anlauf schnappt es sich und flattert auf das Dach der Fischbude. Dort begutachtet sie ihre Beute.

„Oh, lecker", stellt sie fest. „Mit Gürkchen. Und mit Mannis hausgemachter Remoulade!"
„Das nehme ich mit – für später", beschließt Gräten-Käthe. Und dann fliegt sie los, um Trudel und Klautermann zu suchen.

Herr Klautermann, der am Himmel nach der Möwe sucht stolpert über eine Wurzel. Trudel kann ihn gerade noch festhalten.

„Geht es?“, fragt sie besorgt. „Hier, Ihr Krückstock.“

„Das ist kein Krückstock“, schnauzt Herr Klautermann und dreht den Stock andersherum. „Das ist ein Angelhaken, du Leichtmatrose!“

Trudel schaut verdutzt.
„Der ist aber für ziemlich große Fische, oder?“, fragt sie nach.
„Wale“, brummt Herr Klautermann.
„Die Seegurke war ein Walfänger.“

„Davon müssen Sie mir erzählen", sagt Trudel mit leuchtenden Augen. „Da gab es diesen großen weißen Wal", beginnt Herr Klautermann und geht vorsichtig weiter. „Der hatte genug von Walfängern und so schlug er mit seiner Schwanzflosse die Seegurke leck – mitten auf dem Ozean.

„Au weia", flüstert Trudel.

„Todesmutig stürzte ich mich auf den Wal und hakte mich, mit diesem Haken, an seinem Maul fest", erzählt der Alte und zeigt auf den Stock.

„Das war ihm natürlich lästig", fährt Herr Klautermann fort. „Ich habe ihm klargemacht, dass ich erst loslasse, wenn er mich und meine Mannschaft zur nächsten bewohnbaren Insel bringt."

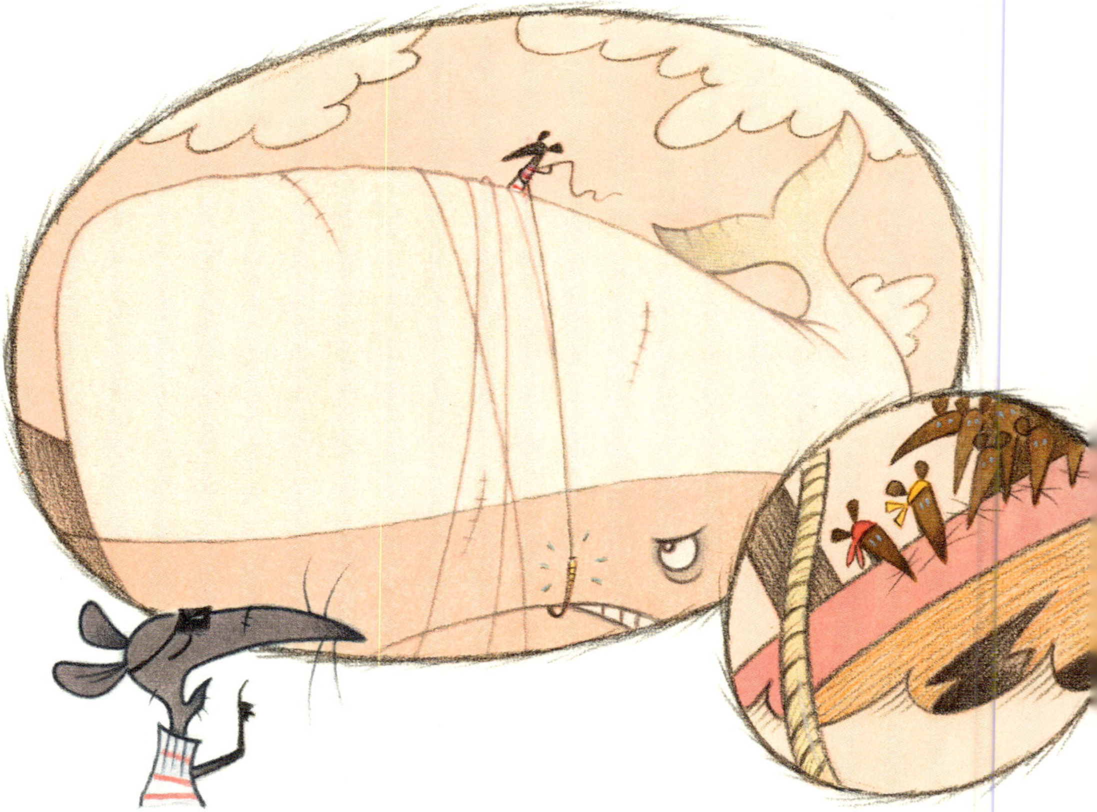

„Hat er es gemacht?“, fragt Trudel.

„Ja“, sagt Herr Klautermann. „Und dann habe ich ihn, wie versprochen, vom Haken gelassen.“

Der Alte bleibt stehen.

Trudel räumt einen großen Ast aus dem Weg.
Dahinter liegt eine kleine Lichtung im Mondlicht.
Herr Klautermann ist ganz in Gedanken versunken.
Langsam läuft er hinter Trudel her.
„Ich konnte die Mannschaft retten, aber die Seegurke
war verloren. Ich habe sie im Stich gelassen“,
sagt Herr Klautermann traurig.

„Ratten verlassen ein sinkendes Schiff“, fügt er leise hinzu.
„Das ist ihre Natur.“

„Ete! Jetzt lass mich doch endlich los!“,
schallt es über die Lichtung.

„Petete?“, staunt Trudel.
„Was macht ihr denn hier?“

„Trudel! Ich hab's ja gewusst", ruft Petete. „Du dummes, leichtsinniges Huhn! Was fällt dir ein, nachts durch den Wald zu spazieren!"

Ete hat ihre Angst vergessen. Sie geht drohend auf Trudel zu und sagt: „Im Wald, da wohnt nämlich ..."

„... der Fuchs!“, sagt Trudel matt und zeigt auf den Waldrand hinter den Puten.

Herr Klautermann hechtet hinter eine Hecke.

„Guten Abend“, sagt der Fuchs mit samtiger Stimme. Er schlendert auf die Lichtung.

Ete erblasst bis zum Kehllappen.

Petete fährt herum und starrt den Fuchs an.

Sie verdreht die Augen, sie wankt, dreht sich einmal um sich selbst und fällt wie ein Brett zu Boden.

Mit einem Seufzer sackt auch Ete bewusstlos zusammen.

Der Fuchs lächelt zufrieden.
„Irgendwann erliegen sie alle meinem Charme“, sagt er.
Dann wendet er sich an Trudel.
„Du bist nicht so leicht umzuhauen wie diese beiden Puten“, stellt er fest. Er schnippt ein Stäubchen von seinem Pelz.
„Ich bin übrigens der Fuchs“, fügt er hinzu und wartet auf die Wirkung.

„Angenehm", erwidert Trudel förmlich. „Ich bin Trudel." Sie zeigt auf die Puten. „Und das sind Ete und Petete", stellt sie die beiden vor.
Der Fuchs schüttelt den Kopf.
„Das ...", sagt er lächelnd, „... ist mein Abendessen."
„Ist das nicht etwas viel für eine Mahlzeit?", wendet Trudel ein.
„Nein", versichert der Fuchs und kommt bedrohlich näher. „Da ist sogar noch Platz für einen Nachtisch."

Trudel würde sich jetzt gern mit Herrn Klautermann beraten. Aber sie will dem Fuchs nicht den Rücken zudrehen.
„Herr Klautermann?“, flüstert sie über die Schulter. Sie bekommt keine Antwort.

Der Fuchs schnuppert unschlüssig an diesem seltsamen Huhn.
„Entweder bist du sehr beherzt – oder sehr bescheuert“, rätselt er.

Trudel weicht zurück. Sie sucht nach einer Antwort.
„Ich bin sehr be... ich bin sehr befreundet!“, fällt ihr ein.
Sie zeigt stolz hinter sich, dorthin, wo eben noch Herr Klautermann stand.

„Mein Freund, der Herr Klautermann, sieht klein aus, aber er kann sich auch riesengroß machen“, sagt Trudel. „Und er leuchtet!“

„Tatsächlich?“, sagt der Fuchs. „Ich sehe ihn aber gar nicht.“
Trudel geht langsam rückwärts. „Und ... und ... Herr Klautermann hat Superkräfte“, sagt sie. Dann stößt sie mit dem Po an eine Hecke.

„Ich werde dich trotzdem fressen", sagt der Fuchs und legt einen Arm um Trudel. „Dein sogenannter Freund hat dich im Stich gelassen, kleines Geflügel. Er ist wohl nicht sehr zuverlässig."

Trudel ist empört.
„Sie kennen ihn doch
gar nicht“, sagt sie und
schiebt den Fuchs weg.

„Er hat gesagt, er begleitet mich.
Und sein Wal-Versprechen hat er
schließlich auch gehalten.“

In seinem Versteck hinter
der Hecke hört Herr
Klautermann jedes Wort.

Der Fuchs hat nun langsam genug von Trudels Gerede. Er greift nach ihr, da kreischt hoch über der Lichtung eine Möwe: „So ein Schiiiiet!“

Ein fetter, cremiger Klecks klatscht dem Fuchs auf den Pelz.

„Uuuäääh!“, heult der Fuchs angewidert. „Ist das etwa Möwenkacke?“
Hektisch wischt er mit den Pfoten über sein Fell.

Neben Trudel schiebt sich ein Krückstock durch die Hecke und sie hört Herrn Klautermann flüstern: „Los, Matrose, greif den Rettungsanker!“
Aber Trudel ist mit dem Fuchs noch nicht fertig und außerdem findet sie: „Die Puten haben Rettung viel nötiger.“
Schnell hängt sie Petete an den Stock und wendet sich wieder dem Fuchs zu.

Herr Klautermann staunt nicht schlecht,
als er mit viel Mühe die dicke Petete
in sein Versteck zieht.

Dann hört er, wie Trudel draußen dem Fuchs die Leviten liest. „Sie sollten sich schämen", schimpft sie. „Tante Elli sagt, man soll nie schlecht über Leute reden, die man nicht kennt. Ich kenne Herrn Klautermann, und ich bin so froh, dass er mich durch den Wald begleitet!"
Der Fuchs schaut auf. Er kann es kaum fassen, das Huhn erdreistet sich, mit ihm zu schimpfen! Mit ihm, dem Fuchs! Dann entdeckt er, dass eine Pute fehlt.
Jetzt ist er richtig sauer.
„Na warte ...", knurrt er und starrt Trudel an.
Langsam geht er auf sie zu.

Und hoch oben auf einer Kiefer
sitzt Gräten-Käthe und denkt:
„Oooch! Die ganze schöne
Remoulade ist rausgetropft.
So mag ich das nicht mehr."
Sie gibt dem Fischbrötchen
einen Schubs.

Der Fuchs setzt zum Sprung an – da trifft ihn das Brötchen am Kopf. Zwiebelringe und Gürkchen nehmen ihm die Sicht. Benommen taumelt er über die Lichtung.

Als er endlich wieder sehen kann, ist auch die andere Pute verschwunden.

Das unverschämte Huhn ist leider immer noch da.
Und daneben steht eine alte, gebeugte Ratte und fuchtelt angriffslustig mit einem Angelhaken.
Der Fuchs blinzelt verwirrt.
Dann zischt ein dunkler Schatten haarscharf an ihm vorbei.
Erschrocken zuckt der Fuchs zusammen.

Gräten-Käthe landet bei
Trudel und Klautermann.
„'n Abend", krächzt sie.
„Habt ihr mich vermisst?"

Der Fuchs starrt ungläubig auf diese Versammlung von Kleintieren. Eine Möwe, die ihn einfach ignoriert, eine Ratte, die ihn bedroht, und ein Huhn, das überhaupt keine Angst hat – obwohl! er! doch! der FUCHS! ist!!!
„Ihr seid ja total verrückt", presst er hervor.

„Nein“, sagt Trudel und lächelt ihn an. „Wir sind befreundet.“

Fassungslos schüttelt der Fuchs den Kopf. Er kommt nicht mehr mit. Sein Pelz ist besudelt und stinkt nach Hering. Er fühlt sich auf einmal sehr müde.

„Ach, seid doch, was ihr wollt“, murmelt der Fuchs, dreht sich um und verschwindet im Dickicht.

„Was hat er denn?", fragt Gräten-Käthe verwundert.

„Jedenfalls hatte Tante Elli recht", sagt Trudel zufrieden.

„‚Hast du Freunde in der Not, kriegt
der Fuchs kein Abendbrot',
hat sie immer gesagt."

Aus der Hecke dringt leises Stöhnen.

„Ich glaube, die Puten werden wach", sagt Herr Klautermann.

Und schon bricht Petete durch die Hecke.

„Was ist hier eigentlich los?“, trompetet sie. „Trudel, du kommst jetzt mit zum Hühnerhof! Wir haben dich aus dem Wald gerettet und wir werden auch den Weg nach Hause finden.“

„Wie denn?“, fragt Ete, die gerade aus dem Loch in der Hecke steigt.

„Der Pfad zum Hühnerhof ist da drüben“, sagt Trudel und zeigt über die Lichtung. Sie zögert.

„Aber ich bleibe hier“, sagt sie dann. „Ich möchte noch ganz viel Meer sehen. Und von Herrn Klautermanns Abenteuern hören.“
„Papperlapapp“, Petete schüttelt den Kopf,
dass die Hautlappen schlackern.
„Wo willst du denn schlafen?“

„Ein müdes Huhn schläft überall ...“, fängt Ete an, doch Trudel unterbricht sie.
„Es wird schon gehen. Ich könnte mir vielleicht ein Nest bauen, mit Meerblick“, überlegt sie.

Herr Klautermann räuspert sich.
„Bis das fertig ist, kannst du in meinem Strandkorb anheuern, Matrose“, brummt er.
„Echt jetzt?“, kreischt Gräten-Käthe und kichert. „In der Bruchbude?“

„Also, wir gehen jetzt jedenfalls“, sagt Petete beleidigt.

„Wenn du unsere Hilfe nicht zu schätzen weißt ... Du wirst schon sehen, was du davon hast.“
Und sie stapft mit hochgerecktem Schnabel über die Lichtung.
Ete glotzt Trudel an.
„Aber wir sind doch die Guten, die guten Puten“, sagt sie weinerlich. Dann dreht sie sich um und folgt Petete auf den Pfad.

Herr Klautermann wendet sich an Gräten-Käthe.
„Wegen der Bruchbude ...“, sagt er. „Die Tante von meiner Freundin meint: ‚Gehen Freunde ein und aus, wird jeder Schuppen ein Zuhaus.‘“
„Ich bin sehr gespannt“, grinst Gräten-Käthe.
„Und was machen wir jetzt?“, fragt sie Trudel.

„Wir gehen zurück zum Strand“, sagt Trudel.
„Bestimmt ist am Meer auch der Sonnenaufgang sehr schön.“

Bei diesem Buch wurden die durch das verwendete Material und die Produktion entstandenen CO_2-Emissionen ausgeglichen, indem der cbj-Verlag ein Projekt zur Aufforstung in Brasilien unterstützt.
Weitere Informationen zu dem Projekt unter:
www.ClimatePartner.com/14044-1912-1001

Verlagsgruppe Random House
FSC® N001967

Sollte diese Publikation Links auf Webseiten Dritter enthalten, so übernehmen wir für deren Inhalte keine Haftung, da wir uns diese nicht zu eigen machen, sondern lediglich auf deren Stand zum Zeitpunkt der Erstveröffentlichung verweisen.

1. Auflage 2020

Innenillustrationen und Cover: Karsten Teich
Umschlaggestaltung: Kathrin Schüler, Berlin
aw · Herstellung: AJ
Satz und Reproduktion: Lorenz & Zeller, Inning a. A.
Druck: Mohn Media GmbH, Gütersloh
ISBN 978-3-570-17593-4
Printed in Germany

www.cbj-verlag.de
Dieses Buch ist auch als E-Book erhältlich

Karsten Teich wurde 1967 in Hannoversch Münden geboren und studierte Kunst an der Hochschule der Künste in Kassel. Seit 2001 illustriert er Kinderbücher für verschiedene Verlage. Seine Figuren und Geschichten haben inzwischen viele Freunde gefunden. Er zeichnet, schreibt und lebt mit seiner Familie in Berlin.

Eva Muszynski, Illustratorin und Autorin, ist in Berlin geboren. Sie zeichnet, seit sie einen Stift halten kann, und schreibt seit der Grundschule eigene Geschichten. Sie hat ein Diplom in Visueller Kommunikation und veröffentlicht seit zwanzig Jahren Kinderbücher. Sie lebt noch immer in Berlin.

Anu Stohner

Madison und Miranda

Das Glückskatzen-Geheimnis

144 Seiten, ISBN 978-3-570-17635-1

Madison lebt mit ihren Eltern, ihrem Bruder und unzähligen Schafen auf einer kleinen Farm. Sogar einen Hütehund gibt es. Doch Madison wünscht sich nichts sehnlicher als eine Katze. Umso überraschter ist sie, als eines Tages tatsächlich ein Kätzchen mitten zwischen den Schafen sitzt. Es ist wunderschön, schwarz-weiß-rot gefleckt und stellt sich Madison als ihre ganz persönliche Glückskatze vor.
Doch bevor das Kätzchen bei Madison einziehen kann, muss Mama überzeugt werden. Was der verrückte Hühnertrick und das Glückskatzen-Geheimnis damit zu tun haben, sei hier aber noch nicht verraten. Nur so viel: Glückskatze Miranda macht ihrem Namen alle Ehre!

8401

cbj

www.cbj-verlag.de

Udo Weigelt / Joëlle Tourlonias

Luna und der KATZEN BÄR

Manchmal braucht es nur eine gute Geschichte und ein Schälchen Erdbeeren mit Sahne, um einen Freund zu finden, mit dem man einschlafen möchte!

Luna und der Katzenbär
Band 1, 80 Seiten,
ISBN 978-3-570-17298-8

Luna und der Katzenbär vertragen sich wieder
Band 2, 80 Seiten,
ISBN 978-3-570-17299-5

Luna und der Katzenbär – Ein magischer Ausflug
Band 3, 80 Seiten,
ISBN 978-3-570-17370-1

Luna und der Katzenbär Gehen in den Kindergarten
Band 4, 80 Seiten,
ISBN 978-3-570-17371-8

8351_4

cbj

www.cbj-verlag.de

Andrea Schomburg / Stefanie Reich

Otto & der kleine Herr Knorff

Wie Otto und Knobelius beste Freunde werden, ins wilde Knorffien reisen und in der Schule für allerhand Chaos sorgen.

Spannende Freundschaftsgeschichten in großer Schrift – mit vielen lustigen Reimen!

Otto und der kleine Herr Knorff
Band 1, 144 Seiten,
ISBN 978-3-570-17227-8

Otto und der kleine Herr Knorff – Auf Monsterjagd
Band 2, 144 Seiten,
ISBN 978-3-570-17228-5

Otto und der kleine Herr Knorff – Donner, Blitz, Knobelius
Band 3, 144 Seiten,
ISBN 978-3-570-17460-9

cbj

www.cbj-verlag.de

8388_3